W9-CNJ-977

MÁIS ALÁ DA FIESTRA

MÁIS ALÁ

DA FIESTRA

MAURICE SENDAK

kalandraka

Título orixinal: *Outside Over There*

Colección Tras os *montes*

Copyright © 1981, Maurice Sendak
© da tradución: Xosé Manuel González, 2015
© desta edición: Kalandraka Editora, 2015
Rúa de Pastor Díaz, n.º 1, 4.º A . 36001 - Pontevedra
Tel.: 986 860 276
editora@kalandraka.com
www.kalandraka.com

Impreso en China
Primeira edición: abril, 2015
ISBN: 978-84-8464-862-8
DL: PO 729-2014
Reservados todos os dereitos

Para Barbara Brooks

Cando papá estaba no mar

e mamá no xardín,

Aida tocaba a súa trompa máxica
para calmar o bebé,
pero non o atendía.

Nestas, viñeron os trasnos,
levaron o bebé e deixaron
no seu lugar un boneco de xeo.

A pobre Aida abrazou o engado e murmuroulle:

–Canto te quero!

Pero o boneco foise derretendo, e Aida toleou
ao se decatar de que os trasnos estiveran alí.

—Raptaron a miña irmá para casala cun trasno!
—repetía sen deixar de lamentarse.
Así que Aida, a toda présa,

vestiu a capa amarela da súa nai
e meteu a trompa no peto,
mais cometeu un grande erro.

Saíu voando de costas,

ao mundo que había máis alá da fiestra.

Aida, como nunca se fixaba,
roldou as goridas dos ladróns sen atopalas
ata que lle chegou desde o mar
a canción do seu pai mariñeiro:

«Se consegues dar a volta
e non voas máis de costas;
co teu cantar, no momento,
evitarás o casamento».

Así que Aida xirou, lanzouse a tombos
e viuse no medio dunha voda.

Como berraban e patexaban aqueles trasnos!
Todos eran idénticos á súa irmá!

–Que rebumbio! –dixo a astuta Aida
e cativounos co son da súa canción.

Os trasnos, enfeitizados, deron en danzar; primeiro devagar,
e despois, cada vez máis rápido ata perderen os folgos.

–Maldita Aida! –dixeron os trasnos–,
Ti fasnos bailar e nós querémonos deitar!

Pero Aida púxose a tocar unha melodía frenética,
desas que enlouquecen os mariñeiros no luar.

Aqueles trasnos bailaban tan atolados, xiraban tan veloces

que se desfixeron nunha corrente danzante.

Excepto un, que se acomodou na casca dun ovo,
cantando e aplaudindo como fan os bebés.
Esa era a irmá de Aida.

Aida abrazou feliz o bebé mentres se deixaba levar

pola corrente que bordeaba o inmenso prado.

E subiu o outeiro e chegou ao xardín onde a nai

a esperaba cunha carta do pai que dicía:

«Algún día volverei á casa,
pero mentres, miña valente Aida,
pídoche que atendas o bebé e a mamá.
Con todo o cariño do teu pai».

E iso foi o que Aida fixo.